然後，我想起你了。

圖.文／麵包樹

你呀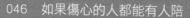

自己的

BREAD

01

的時候，

站在交叉路口的時候

你也經歷過很多次

皺著眉頭站在交叉路口
努力猜哪條路能走到你要的地方
擔心一不小心就把未來搞砸

但幾次下來
你其實沒真的搞砸什麼
過去那些影響你很深的
已經變得不重要
因為你向前走了

也許沒有那麼難
因為路會彎
嚮往的那個未來如果沒變
繞來繞去　終究還是可以走回來

YOUR
SELF

BREAD
TREE

找不到答案的時候

幾乎問了每個人的意見
讀了所有可能有答案的訊息
結果你還是不滿意

因為　你心裡
早就已經有答案了

是大多數人沒選的那個
是你一直沒忽略的那個

等待復原的時候

有時候跌倒太痛

以為自己再也爬不起來

其實你只是需要多一點時間

別催促自己

允許自己在這段恢復的過程中　有點失常

接受自己變得跟之前　不太一樣

心　是很神奇的

慢慢的　那個缺口會被修復

然後　你又還是你

傷心的時候

在某個傷透心的日子
你為自己下些了決定
把它們在日記本上寫好
用紅色的筆畫上了星星

後來在某個有星星的夜裡
你翻開同一本日記
發現曾經重重寫下的字句
已經淡到無法辨識的筆跡
那些曾經在心裡也漸漸淡去
漸漸不再影響你

於是你知道　傷心的時候
允許自己順著時間慢慢走
不著急　雨自己會停

迷路的時候

迷路的時候要留在原地別亂走
迷失方向的時候也是吧

閉上眼回想最初為什麼開始
為什麼選擇來到這裡

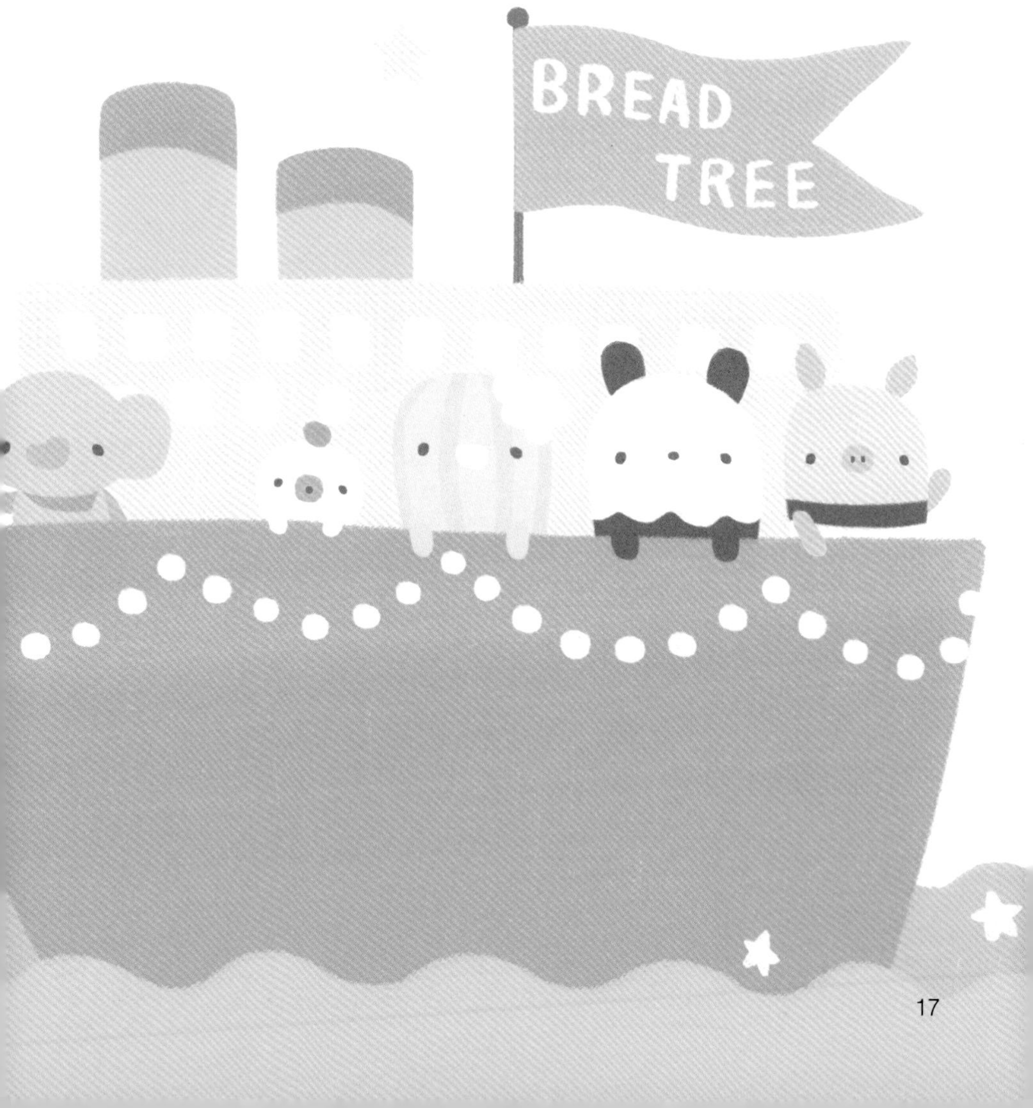
BREAD
TREE

擔心的時候

未來的不確定讓你擔心
擔心是好的，進步是需要一點壓力
經歷過那麼多，你其實很勇敢
有信心是好的，改變永遠都需要先相信

然後可以不再傷心

相信每一件事的發生
都有它的意義
可能要好久好久之後想起
才能懂它的必要性

然後可以不再執著於那一次的失誤
懊惱那段一鬆手就失去的感情
也許那些擦身而過不是要讓你措手不及
只是希望你在那段日子裡
能好好學會那個課題

BREAD

然後你留下來了

走出一直以來的自己
到那個你未曾到過的地方

別擔心
那裡也有藍天
和現在一樣

不同的是
這次天上有你所嚮往的雲
還留有讓你奔跑的地方

然後愛聽故事的小孩長大了

———————

從前那個愛聽故事的小孩長大了
卻仍帶著著童話般的勇氣與充滿希望的心
所以故事裡的仙女才能認出他
依照從前的約定
在遇到困難時拉他一把

然後你開始寫新的日記

鬆開那片烏雲

讓陽光照進濕答答的心裡

忘掉那段回憶

讓新的劇情陪你走出陰影

然後開始

把新的故事寫進日記

然後才發現

過去那段傷心你對誰都不提
以為不說久了就會忘記

沒想到平常老是忘東忘西的你
過了這麼久仍然記憶猶新
像書櫃裡那本讀不完的散文集
永遠停在最無聊的那段無法繼續

直到後來你才發現
那些你所以為的失去
其實全都換個方式還給了你

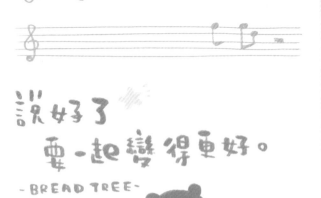

說好了
　要一起變得更好。
- BREAD TREE -

BREAD TREE

然後，我想起你了

然後，我想起你了
在回家的路上想起你
想起你和我從前放學後常一起繞著操場慢慢走
想起你上次見面時皺著眉頭抱怨著最近工作太多
想起你總是打起精神拉著我，喊著還是要一起加油

如果變的是世界

翻開封塵已久的書籍
發現還是同一行字打動你
播放過去收藏的專輯
覺得還是那一首歌最動聽

這麼多年了，其實你都沒變啊
變的是世界，不是你

SMILE SMILE SMILE

如果可以不在意

又因為別人一句不經意的話難過了

是時候把那顆對外尋求支持的心收一點回來
支持可以由自己給自己

把發出去的評分表收一些回來
試著別太在乎那些標準不一的成績

Breadbear
Peter ⊕
Emma ♦
Bread Tree

Bread Tree

如果還沒過期

———————

筆記本上滿滿的待辦事項裡
總有幾項永遠遙遙無期
因為還不急，因為還沒有關係

就這樣拖著延著
好多想法也跟著過期

如果你也在這裡

突然想起你了

中午吃自助餐時
看見了那道你最愛吃的菜

逛街購物時
想起你最怕在店裡橫衝直撞的小孩

陌生的城市
因為這些親切的小事而熟悉
真好

如果來不及

如果來不及的話
搭下一班也沒有關係

匆匆忙忙的
沒整理好心情
也許還會忘了行李
上了車，伴隨的是滿滿的壓力

來不及的話，就搭下一班吧
這次你準備好了，車上會有位置等你

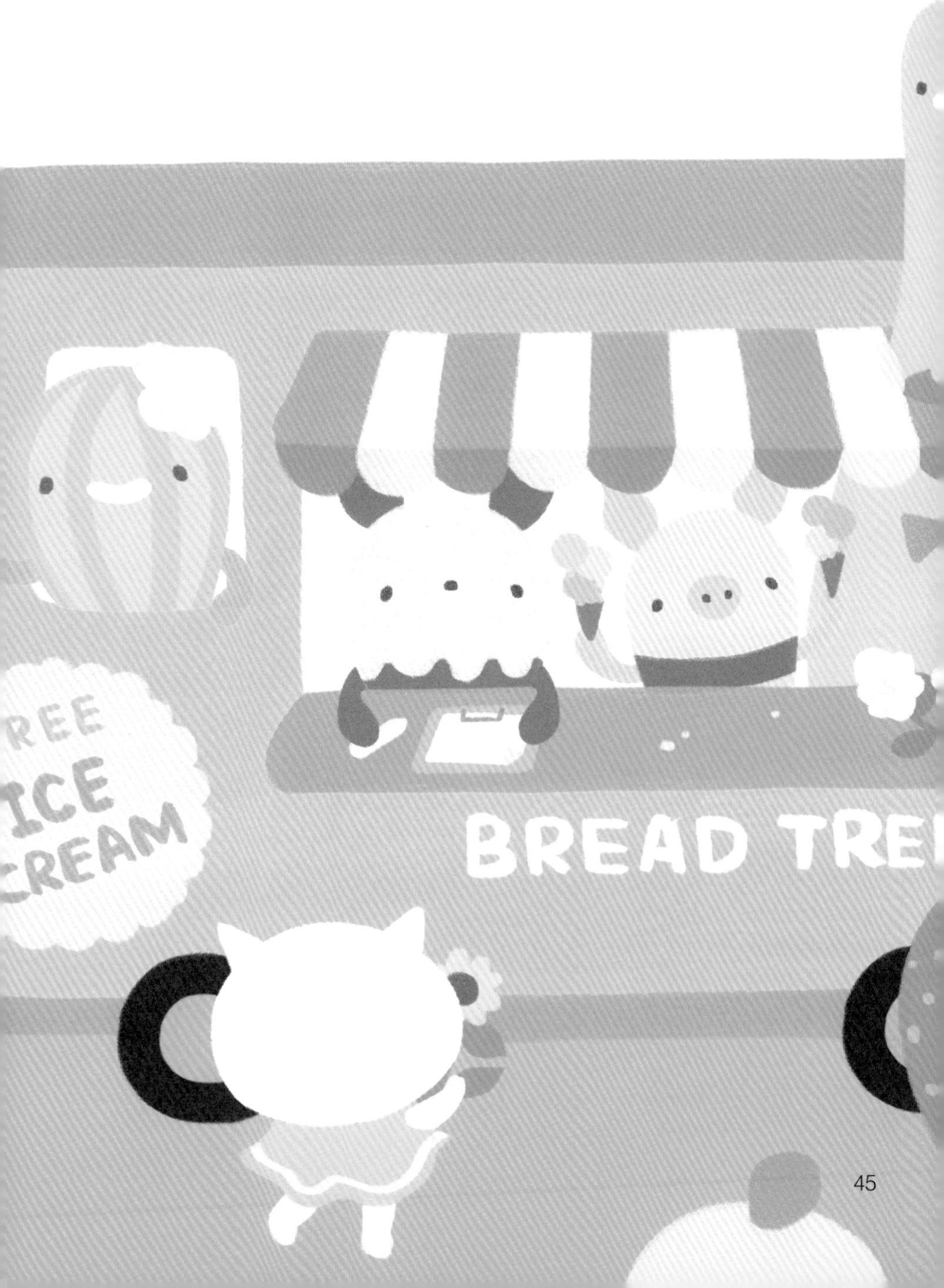
REE
ICE
CREAM
BREAD TRE

如果傷心的人都能有人陪

太多負面情緒來自外面的聲音
是不是能多一點關心，少一點批評

希望能人與人之間能少一點誤會
希望每個傷心的人都能有個人陪

500g

11kg

500g

9kg

Bread Tree

7kg

6kg

BREAD TREE
PIZZA
Extra Cheese
Size 10" 13" 16" 18"
Mini Medium Large

如果覺得可惜

別灰心

每一次的可惜，一定都有它的意義
就像每一次的錯過都有原因
也許，是為了讓你能和更好的相遇

如果有那麼一個地方

有那麼一個地方

在那裡你可以放心的說你想說的
沒有誰會想太多
在那裡你可以隨意的做你想做的
不需要向誰解釋什麼

51

如果想放棄

那天，沒有特別興趣的你
第一次發現自己想做的事情

認真的查了各種資料
努力的嘗試練習
你給自己定了目標
終於有了真心想做的事情
那是夢想的起點

也許之後會遇到瓶頸
會灰心，會受到打擊
屆時記得想想剛開始的時候
想想當初眼睛閃閃發亮的自己
就能有力氣堅持下去

如果有時間

多久沒見面了

還記得約好要常聯絡的那天
還留著寫著要常碰面的那張卡片

於是開始考慮要把常見面這個心願
也列到每個月的代辦事項裡面

04
你呀

FLOWER

「別輕易
放棄了妳」
今日85折
❤ WELCOME

你好嗎？

————————

很少關心自己的心情

直到你開始寫了第一篇日記

突然明白也許就是因為不夠了解自己

不懂自己不喜歡什麼

才總是把自己放在那個明明很不適合的環境

FOR
YOU

我認識的你

記得朋友的生日
記得提前準備卡片和禮物
記得誰能吃辣
記得誰比起汽水更喜歡喝茶

對身邊的人總是很關心
對自己卻一直不太留意
你就是這樣啊
這就是我認識的你

認識你那天

那天是暖暖太陽的晴天
和你友善的微笑一樣

那天是人擠人熱鬧的週末
和我們聊天的時候一樣

那天是我們認識的日子
別具意義
和許多紀念日一樣

和你一起的

那次難忘的露營

那本珍貴的交換日記

牆壁上貼著你寄來的名信片

背面畫著你最喜歡的義大利麵

一直沒有告訴你

那些一起經歷的美好回憶

都是我用來面對各種挫折的勇氣

許個願，給未來的自己。

後來你才知道

―――――――

後來你才知道，沒有什麼是一定要的

如果能留點轉圜的空間
很多故事可以更好

走吧 我們去看煙火吧
雖然你喜歡白天，但煙火在夜裡更美

和你在一起我很勇敢

整理照片時翻出了從前的回憶
看著那些過去的照片覺得很不像自己

和你一起的時候，我好像很勇敢

像是一起進電影院看了恐怖電影
還出席了一場大家都不熟的尷尬飯局

也許因為兩個人在一起
所以才很放心
那段時間發生最好的事
我想就是認識你

像星星一樣的你

不管經歷了什麼
都希望你能記得自己最一開始的樣子
像星星一樣的你
美好了身後的那片黑暗

特別給你的

最信任的人離開你那天
是你長大的日子

被重重的推倒那一次
你明白了很多事

也許就是要讓你能大大的成長
才殘忍的讓你經歷這些事

05 自己的

與自己的約定

書櫃裡夾著 那本從前的日記
日記裡掉出 那封你給自己寫的信

讀完信你下定決心
兌現與從前自己的約定
不再為不值得的人傷心

心裡小小的自己

於是你一路走到了這裡

明明不勇敢的你
這段過程卻特別有勇氣

不是這次特別有信心
也不是過程特別順利

只是心裡那個小小的自己
還抱著希望　還不想放棄

給自己。
-BREAD TREE-

給自己

經歷了一段沒有光的日子
走前還外帶了一身的疲倦
回想起來卻不覺得後悔
雖然討厭
卻是成長的重要一頁

06
因为
Because

因為喜歡

也許途中被的小石子絆倒的次數太多
所以忘了原本前進的方向

但也是因為真的很喜歡吧
才能一直堅持的走到現在

Like
Like

因為是你

———————

在夜晚的夢裡

遇見小時候的自己

他用密密麻麻的注音給你寫信

説把未來交給你　請你珍惜

你突然覺得鬆一口氣

雖然過程有點崎嶇但你還是走過來了

雖然很多事依舊不確定

但慢慢走　總會踏出一條路來

因為是你

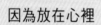

因為放在心裡

————

有那麼幾個人

明明很少見面
卻常常在心中出現

也許是想念
也許是他們悄悄住進了心裡面

因為有你

印象最深刻的慶生派對

收到你的手做卡片

玩得最盡興的那次旅行

遊覽車上你坐我旁邊

大考後晚上的營火晚會

我們一起合拍了許多照片

有時候做了什麼事反而不是重點了

重要的是那些陪伴著你的人

一直在身邊

因為我們在一起

―――――――

那些一起經歷的點點滴滴

雖然不全是愉快的回憶

但因為有你一起

還是決定全都放進心愛的盒子裡

配上鎖，好好珍惜

因為特別在意

───────

對重要的人發了脾氣
見到他受傷的表情卻又不忍心

抱歉了

也許是因為太在意
因為深深的放進心裡
所以才這樣輕輕一碰就好傷心

因為走太快

做了很多嘗試

努力的想成為理想中樣子

但過程中卻離自己越來越遠

記得別把自己弄丟了

偶爾停下腳步

讓心能跟上改變的速度

因為特別

本來就是

每個人都有自己喜歡的東西，討厭的事情
也當然有特別擅長的主題，有做不來的事情

所以別灰心
你一定也有屬於你最閃亮的那顆星星

BREAD TREE
COFFEE

07 可以
的話

可以的話

可以的話就別在乎吧
可以的話忘了它然後重新開始好嗎

如果試過了還是沒辦法，那就帶著吧
那些不開心會是你成長的力量

可以的話，把願望留在心裡

你有個小小的心願，也不曾對誰提

就像剛點燃的蠟燭

用雙手小心的圍在四周

害怕誰的一句不看好，就讓它熄滅了

雖然沒辦法與人分享很可惜

但願望依舊留在心裡

可以慢慢完成，沒有壓力

可以的話，為自己寫封信

總是不忘寫卡片給朋友的你
卻很少寫點東西給自己

如果不喜歡日記，那麼給自己寫封信
像寫給最親愛的朋友一樣
不同的是，這次是對自己用心

HAPPY TOGETHER .....

可以的話，這次就不和你約定

畢業時大家說好了永遠是朋友
後來還有聯繫的卻不多
分別前彼此約好了要常常碰面
分開後卻忘了最後一次見面是哪一年

所以這次我就不和你約定了
在心裡說好
有空時聊聊天
或給對方傳個訊息留個言

可以的話，做自己

喜歡非主流的造型
享受濕答答的天氣
有時候你會好奇
到底和別人不一樣可不可以

但很快的你又收回這個問題
因為這就是你呀～
不需要誰的同意

可以的話，一直在一起

那些回憶我收在心裡，與感動一起

翻出手機裡的幾張合照
每張照片每個人，有大有小
螢幕很大了卻還是塞不下你們每一個
我的心小小的
裝下你們，心就滿了

可以的話，留點時間給自己

闔上筆電關掉手機，留點時間給自己
沒有太多外界的聲音

像是退一步看正在面臨的問題
不見得能馬上找到答案
但總是能不再那麼焦慮

Maybe..

@BREADTREE

也許該記住

喜歡畫圖，總是把作品貼滿剪貼簿
喜歡跑步，每次上體育課你都很滿足

那些打從心裡的喜歡，是夢想的藍圖
不管後來經歷了什麼，都該把它們記住

別忘了最初

PARTY TIME

BREAD TREE B

也許真正重要的……

美好的結局很容易被看見
過程的艱辛卻很少被提及
塞滿書的圖書館裡
我們只選擇亮晶晶的故事聽

所以跌倒了也別太灰心
尷尬的狀況多少人一定也曾經歷
也許這次的打擊是為了讓在你走過之後
能帶走一點值得提起的回憶

也許重要的根本不是那些事情

印象最深刻的慶生派對，收到你的手做卡片
玩得最盡興的那次旅行，遊覽車上你坐我旁邊
大考後晚上的營火晚會，我們一起合拍了許多照片

有時候做了什麼事反而不是重點了
重要的是那些陪伴著你的人，一直在身邊

123

WILL BE BETTER!

-BREAD TREE-

也許會實現

夢想就像種子一樣
光是捧著它們,就覺得充滿希望
覺得自己,好不一樣

也許該再試試

如果你還願意，那也許可以再試一次
雖然之前的經驗不太好
但現在你不一樣了

跌過幾次，也學會了不慌不忙
偷偷哭過幾回，開始對某些事能不放在心上

如果心裡仍然覺得遺憾
那也該再給自己一次機會試試看

127

09
其實呢..

其實沒有那麼多重要的建議

其實你還願意相信，還認為自己可以
其實你還不想放棄，還盼著會有轉機

有些事不需要問別人
才沒有那麼多重要的建議
真正重要的是，你自己心裡的聲音

其實還想念

好久不見了，最近過的好嗎？

在這段不短的時間裡
我們都有了些改變
雖然對過去仍有點想念
但這樣還是很好的

期待下次相見

其實

其實你也需要有人陪

只是更多時候你假裝無所謂

其實你也希望能放鬆一些

但最後你總是選擇更努力一點

你總是小心翼翼的包裝自己

說自己很勇敢，説自己沒問題

10 還是 Still

還是很在意

那些刻意視而不見的事情
你說沒關係
其實心裡仍然很在意
所以才三番兩次的想起

因為無法丟棄，才要好好整理
至少讓自己明白為什麼煩心

CHEER UP!
CHEER UP!

還是傷心

有些事一下就忘掉

有些畫面卻一直留在心裡忘不了

像是第一次挫折心碎的淚流滿面

或是心灰意冷決定勇敢的那天

也許傷心，但卻是難得的經驗

還是一樣

看見你又換了新髮型
知道你最近去了哪幾間餐廳

我們聊著最近捉摸不定的天氣
談著幾部新上映的電影
有時候會想，感情其實沒那麼脆弱吧

即便隔著好幾座城市
我們仍然像從前那樣熟悉

還是會

如果再讓你選一次，也許你還是會來到這裡

因為你喜歡現在的自己

如果你選了不同的方向前進

那是因為熟悉的那條路太過崎嶇

你有點累了，不想再去經歷

『麵包樹們的日常生活』

-極短篇-

PACKAGE

- BREAD TREE -

✿ HALLOWEEN ✿

- BREAD TREE -

⚠ 危險

- BREAD TREE -

掃地機器人

- BREAD TREE -

- BREAD TREE -

KITE

- BREAD TREE -

洗澡 ˙◉〈

- BREAD TREE -

⊙ 難題

- BREAD TREE -

CHEESE
BAG
COMB
SUNGLASSES
LIPSTICK
BERET

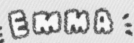

EMMA

BEST FRIEND

FOREVER!

WOW
now

YOU
ROC

WOO

HAHA

BREAD
TREE
-FAMILY-

相信每個人心中都存在著一處柔軟，
是當你掉落谷底時，會好好接住你的地方。

Bread
pree 2017

然後，我想起你了。

圖 文 創 作／麵包樹
美 術 編 輯／申朗設計
企畫選書人／賈俊國

總 編 輯／賈俊國
副 總 編 輯／蘇士尹
資 深 主 編／吳岱珍
編 輯／高懿萩
行 銷 企 畫／張莉滎・廖可筠・蕭羽猜

發 行 人／何飛鵬
出 版／布克文化出版事業部
　　　　台北市中山區民生東路二段 141 號 8 樓
　　　　電話：(02)2500-7008　傳真：(02)2502-7676
　　　　Email：sbooker.service@cite.com.tw
發 行／英屬蓋曼群島商家庭傳媒股份有限公司城邦分公司
　　　　台北市中山區民生東路二段 141 號 2 樓
　　　　書虫客服服務專線：(02)2500-7718；2500-7719
　　　　24 小時傳真專線：(02)2500-1990；2500-1991
　　　　劃撥帳號：19863813；戶名：書虫股份有限公司
　　　　讀者服務信箱：service@readingclub.com.tw
香港發行所／城邦（香港）出版集團有限公司
　　　　香港灣仔駱克道 193 號東超商業中心 1 樓
　　　　電話：+852-2508-6231　　傳真：+852-2578-9337
　　　　Email：hkcite@biznetvigator.com
馬新發行所／城邦（馬新）出版集團 Cité (M) Sdn. Bhd.
　　　　41, Jalan Radin Anum, Bandar Baru Sri Petaling,
　　　　57000 Kuala Lumpur, Malaysia
　　　　電話：+603- 9057-8822　　傳真：+603- 9057-6622
　　　　Email：cite@cite.com.my
印 刷／卡樂彩色製版印刷有限公司
初 版／2017 年（民 106）5 月
售 價／300 元
I S B N／978-986-94782-1-2

城邦讀書花園
www.cite.com.tw　　布克文化 WWW.SBOOKER.COM.TW